KB083049

풀꽃은 또 저리 피어

시와소금 시인선 · 141

# 풀꽃은 또 저리 피어

추창호 시조집

시와소금

**┃추창호 약력**

- 경남 밀양 출생
- 울산대학교 교육대학원 졸업
- 1996년 《시조와 비평》(봄) 신인상
- 2000년 부산일보 신춘문예 당선 및 월간문학 신인작품상
- 시조집으로 『낯선 세상 속으로』, 『아름다운 공구를 위하여』, 『풀꽃 마을』, 『길은 추억이다』 외
- 2018년 울산문화재단 예술창작발표 지원금 수혜
- 2022년 울산문화재단 전문예술인 지원금 수혜
- 울산시조문학상, 한국동서문학 작품상, 성파시조문학상, 울산문학상, 한국문협작가상 수상 외
- 울산시조시인협회, 울산문인협회 회장 역임 외
- 전자주소 : changhochoo@hanmail.net

읽히는 시조를 쓰고 싶었다
난해하지 않고, 서정적이며,
가슴을 촉촉이 적셔주는
그런 시조

이것이 바로 시조를 쓰기 시작한 때부터
지금까지의 화두였다
그 화두, 새기며 가는 길은 아직도 멀다
또 한 권의 시조집을 엮어내면서도
살짝 부끄러운 이유이기도 하다

풀빛 가락으로 오는 추억과
희망의 메시지가 되길 빈다

2022년 6월
추창호

| 차례 |

| 시인의 말 |

## 제1부 세상은 아직

## 제2부 겨울 세상

## 제3부 방파제에서

## 제4부 반추

제 **1** 부

세상은 아직

# 할매

시장 한 귀퉁이 혼자 쪼그리고 앉아
봄 내음 왈칵 풍기는 나물을 다듬고 있는
할매의 쭈글쭈글한 거북손을 본다

얼핏 보면 초라한 그 모습 뒤에는
육 남매 밥줄이 되어 쉬지 않고 달려온
작아도 야무진 좌판 배경으로 앉아 있다

"할매요, 이 싱싱한 나물 얼맨교?"
펑퍼짐한 웃음으로 담아내는 나물 속으로
눈 부신 햇살이 되어 반짝이는 생이 곱다

# 국밥

일용직 김씨가 늦은 점심 먹고 있다
때 묻은 소매 깃도 아랑곳하지 않고
후르륵 후르륵 마시는 소리가 경쾌하다

난장 같은 세상에서 꺾이고 꺾이어서
잃을 것 하나 없는 빈 몸을 위하여
조그만 식탁 위에는 김치 깍두기 한 사발

한일자로 다문 입술 직시하는 한 점 허공
딸아이 선한 눈동자 다녀가기라도 한 듯
밥그릇 툭툭 털면서 다시금 일어선다

# 선거 벽보를 보며


어두운 세상이
일순 환해지는

담벼락에 붙어 있는
형형색색 선거 벽보

노파가
폐지를 줍다
물끄러미 쳐다본다

## 세상은 아직

아직 깊은 잠에서 깨어나지 못한
침묵에 잠겨있는 도시를 떠난다
외투 깃 곧추세우며 낯이 설은 길을 따라

햇살이 반짝이는 아침이 올 때마다
가슴도 부풀어가던 정규직에 대한 희망
파고도 높은 불황에 휩쓸려 떠나갔다

아직 쓰러지기엔 싱싱한 두 무르팍
넝마 같은 생활에도 빛살 같은 꿈은 있는 것
한 걸음 내닫는 발길 설렘조차 결연하다

## 강과 억새

마음이 울적할 땐 강가에 나가보자
강물의 품속으로 물새 떼 날아들고
그 옆엔 억새 한 무리 긴 겨울을 가고 있는

사나운 바람들이 시위하듯 불어오고
회색빛 하늘이 사방을 들쑤셔도
한때의 난감한 고난 물 흐르듯 흐를 진데

무엇을 탓할 것인가 굴곡 많은 인생길
가슴과 가슴을 잇대 한 세월 견디고 있는
억새의 깊은 속내에 펼쳐 든 꿈의 길을

그리움도 기다림도 사람이 하는 일
쨍쨍한 햇살 내릴 내일을 그려가며
무작정 걸어도 좋을 강가를 걸어보자

## 비정규직의 하루


만 가지 생각들이
상심으로 돌아올 때

내 몸은 나래 꺾여
풀이 죽은 새 한 마리

소나기
쏟아져 내린
청청한 하늘 본다

# 흰독말풀*

조그만 소리라도 놓치지 않겠다는 듯
쫑긋 열려있는 하얗고 커다란 귀
바람이 흔들어대도 귀를 닫지 않는다

어떤 판세가 내일을 재단할지
미궁의 갑골문자처럼 까마득한 이 길을
섬세한 촉각을 세워 세세히 가늠한다

더러 일러주는 암중의 귓속말을
일용직 박씨가 품은 소망 깃든 하루도
주파수 맞춘 그 귀로 놓치지 않고 듣는다

* 열대 아시아 원산의 한해살이풀, 약재로 사용함.

# 빈집
― 탈 울산


텃밭엔 말라버린 푸성귀 몇 무더기
도둑괭이 왔다 간 하릴없이 돌아가고
오로지 적막만 남아 두 눈만 껌벅인다


웃음 꽃 피던 거실 그 고운 기억들로
유리창엔 서럽도록 푸른 달은 빛나지만
따스한 두레 밥상은 발목 삐어 들앉았다


철문을 꽉 깨물고 녹물 흘린 자물통
땀 냄새 물씬 풍긴 작업복 그리웠나
용접봉 화려한 불꽃 그 안부를 묻는다

# 어떤 풍경 · 21
— 탈 울산

길가의 가로등이
따스한 저녁 불러오면

경쾌한 화음에 맞춰
불을 켜던 빌라촌

오늘은
임대 매매물
눈시울만 붉혀 섰다

# 어떤 풍경 · 23

— 할매


길가에 버려진 폐지 한 장 한 장 다듬어서
겹겹 탑을 쌓고 있는 등 굽은 저 할머니
때마침 내린 햇살도 차곡차곡 쌓아 올린다


신문 지상 오르내린 억억대는 검은돈도
다른 세상일인 양 알지 못하지만
저 노동 흘러내리는 땀방울은 경건하다


숨이 찬 민낯으로 맞닥뜨릴 내일이지만
먼 길 떠난 반쪽 생각 탑돌이도 해 가며
봄빛이 낭창대는 길 자박자박 밟아간다

# 길고양이

며칠을 굶은 듯한 뱃살을 움켜쥔 채
도로를 횡단하는 길고양이 한 마리
신천지 꿈에 그리듯 눈빛만 타고 있다

모래뿐인 사막에서 오아시스 발견한 듯
맨홀 위 고인 물을 혀로 싹싹 핥고 있다
결핍이 불러낸 행복 갈증 축인 저 물맛

허접한 쓰레기통 섭렵하는 고행의 길
이쪽에서 저쪽으로 비록 길이 무거워도
태어난 한목숨만큼 가야 할 길이 있다

# 코로나 19

마스크 군홧발이
지축 쿵쿵 울려댄다

스쳐 가는 날 선 눈빛
당신과 나는 격강천리

이 또한 지나가리라*
꽃대 올린 제비꽃

* 유대인의 경전 주석서 〈미드라쉬(Midrash)〉의 '다윗 왕의 반지'에서 나온 이야기라 함.

## 말에 대한 단상

소통 부재의 섬과 섬 사이
허연 이빨 앙칼지게 드러낸 파도 본다
저만치 보인 말의 길 잡힐 듯 아니 잡힐 듯

말에도 청자 같은 색깔과 운치가 있어
화폭 가득 그려낸 산수화는 절경이다
곰곰이 되씹어 보면 은총으로 내린 그 말

말이 말을 만드는 무성한 말의 향연
말이 말을 트는 향기 넘치는 세상 위해
길고 긴 장침을 놓는 하루가 근엄하다

## 불황, 그 거리쯤에서

매물로 나온 점포 티바 두마리치킨
몇 달째 끊긴 인적 층층 적막 쌓여있다
나뭇잎 바스락대도 귀를 쫑긋 세우는

쓰나미로 '훅' 하고 휩쓰는 거리에서
그 날 정 잊지 않고 돌아온 따뜻한 햇살
색색의 수채 물감으로 둥지 하나 그린다

# 인생

시방 우리는 제1터널을 지났다

시방 우리는 제2터널을 지났다

생이란 첩첩이 놓인 터널을 지나는 일

# 비우기 위해 술잔을 채운다

— 과메기

눈빛 붉힌 과메기가 닻을 내린 포장마차
칼날 같은 휘파람을 불어대는 바람으로
옷깃을 세운 사내가 어둠을 털며 들어왔다

등 푸르렀던 한 생애가 접시 위에 놓인다
아득한 길을 두고 한 판 승부에 밀린
비워 낼 아픔을 위해 채워지는 술잔 하나

아내의 순한 눈빛이 빈 잔 가득 차오를 때
해풍에 난타당한 담백한 육질이
우려낸 푸른 바다가 목젖 훑어 내린다

# 해녀

바다는 여전히 침묵에 잠겨 있다

그 침묵의 성을 여는
전사의 숨비소리

비릿한
하루치 행복
숨 가쁘게 걷어 올린다

# 배꼽

까치발로 오신 햇살 새우잠을 깨운 아침
왼새끼로 만든 금줄 화석처럼 놓여있는
잊고 산 성역의 땅을 고즈넉이 바라본다

아늑히 깊은 자궁 한 하늘 열던 그 날
첫울음 터뜨리며 맞은 삶이 축복인 걸
간절한 비손의 날들 보내고야 알았다

사고史庫의 실록 같은 비망록을 꺼내 들면
날이 선 세상 밖으로 탯줄 끊어 날我 보내던
어머니 흘리신 눈물 내간체로 쓰여 있다

귀소하는 연어처럼 그 행간 밟아 가면
목숨과 목숨으로 이어지는 생명의 불꽃
두 손에 받쳐 든 사랑 걸어간 길 보인다

## 파도 · 2

하고 싶은 말이
얼마나 많았을까

가도 가도 끝이 없는
저 푸른 초원 위를

하아얀
갈기 앞세워
달려가는 말발굽소리

## 화암 바다

저녁이 있는 집으로
돌아가지 못한

배들이 지친 항해 끝에
여장을 푼 화암 바다

심지에
가만 불을 당긴
둥근 달이 뜹니다

# 고추잠자리

고추잠자리 날고 있는 하늘을 바라본다
유년의 한때가 은근슬쩍 다가와서
정겨운 초가 한 채를 너부죽이 앉힌다

박토도 옥토로 가꾼 부모님 사랑 같은
석류가 고이 익던 화단가 그쯤에서
숨겨 둔 풋꿈 하나도 똘망똘망 눈을 뜬다

허리 굽은 한 생애가 그래도 꽃일 수 있는
그 풋꿈 하나로 층층이 밟아 오른
저 푸른 세월 사이로 고추잠자리 날고 있다

# 태풍 이후


눅눅한 물기 터는
햇살이 쏟아진다

덧이 난 상처처럼
너부러진 폐허 속

파아란
무청 한 떨기
일어서고 있었다

# 그냥

새벽이 오는 길을 한 사람이 가고 있다
먼저 간 사람들이 자박자박 밟아간
돌아서 갈 수도 없는 그 길을 가고 있다

그 어느 석기인이 걸어간 길이다가
그 어느 조선인이 걸어간 길이다가
마침내 오늘에 이른 뼈만 남은 길이여

살아서 가야 할 그 뿐인 길이라면
만 생각 다 그만두고 내 그냥 가도 좋을
저 환한 그리움으로 반짝이는 길이 있다

## 한 해를 보내며


가뭇한 그림자로 걸어온 길 힘들었다

그래도 희망 몇 줄 용케도 살아남아

새 아침 밝은 햇살을 웃음으로 맞는다

# 인생사

눈 덮인 산골에서 갈 길을 가지 못하고
적수공권 빈 하늘을 운명인양 여기며
인생의 변곡점에서 두 손 털고 있었지

더러 우리 사는 일 비비꼬이기도 하거니
'도' 아니면 '모' 라고 너스레를 떨지만
으레히 갈 것은 가고 올 것은 오는 것이니

꽃 피고 지는 것에 일희일비 하지 말고
발가숭이 내 몸이 끌면 끄는 대로
대하가 흐르는 모습 바라보며 갈 일이다

## 들꽃

제 생긴 모습 그대로
꿈을 물고 와서

속살 환히 드러나도록
꽃을 피웠습니다

피운 꽃
하나하나가
잊지 못할 절창입니다

# 강

어제는 오늘로
오늘은 또 내일로

크고 작은 파랑이 남긴
갖가지 사연도

품속에 꽉 껴안으며
유유히 흘러갔다

# 명함 · 2

추적추적 오는 비에 후줄근히 젖고 있는
누군가 버리고 간 금테 두른 이름 하나
손에서 손으로 건넨 희망도 지워졌다

천지간에 버려지는 게 어찌 너 뿐일까
달면 삼키고 쓰면 내뱉는 일
아무렴 세상일이란 그렇고 그런 거지

그러다 섬광처럼 스쳐 가는 생각 하나
나도 누군가에게 버려진 날 없었을까
알몸의 나를 꺼내어 읽어보는 이 하루

# 공터

햇살이 소담스레
앉았다가 일어서고

간간이 흘리고 간
새소리도 주워 담고

바람도
머물다 가는
이 환한 고요의 늪

# 소나무
— 뿌리


군살 하나 없는
저 근육질 따라가면

단맛 쓴맛 모두 맛본
백전노장의 심줄 같은

한 사내
지난한 삶이
걸어간 길 보인다

# 겨울 세상

산의 자궁을 메스로 열고 있다
자본의 이름으로 신도시가 태어나고
허욕이 한판 승부로 전 생애를 걸고 있다

까치밥 서정들이 실종된 거리에는
잇속 밝은 잣대로 세상을 재단하는
익명의 주연 배우가 고개 세워 깔깔댄다

화려한 네온 불빛 서성이는 군상들
걸인의 빈 그릇이 상징처럼 떠오를 때
조타수 없는 어둠이 파도처럼 밀려왔다

제 **3** 부

방파제에서

# 구절초

산모롱이 돌아서자
네 모습이 보였다

해맑은 웃음 머금고
가만히 손 흔들고 선

아직도
가슴 설레는
긴 긴 날의 첫사랑

# 장맛비 · 2


열릴 듯 열릴 듯
하면서도 열리지 않는

잊힐 듯 잊힐 듯
하면서도 잊히지 않는

타래진
네 생각 모아
하염없이 내린다

# 운명

손금으로 펼쳐놓은 길들이 눈을 뜬다
풀꽃의 웃음이 남은 길의 들머리도 보이고
위대한 천재가 되고픈 치기 어린 날도 보인다

꿈이 꿈을 불러 한껏 부풀던 열정 사이
초코렛 같은 길이 불쑥불쑥 일어서고
그 향취 취해서 걷던 파노라마 같은 길

수많은 결별의 아픔 감내하고 떠난 후에야
나를 만들고 끝내 내 길이 되고만
거슬러 오르려해도 거스르지 못한 그 길

윤슬

자갈자갈 은갈치 떼로
퍼덕이는 바다 보면

그 무슨 말 못하게
신명 날 일 있나 보다

이 지상
발 딛고 사는 일도
그랬으면 좋겠네

## 방파제에서


닿을 듯 닿을 듯
하면서도 닿지 않는

그리움이 만포장으로
피어있는 저 언덕

내 꿈이
잠긴 슬도도
그쯤에서 앉아있다

* 슬도 : 울산광역시 동구 성끝길에 있는 바위섬.

# CT 촬영실 앞에서

링거 주사기를 꽂은 핏기 잃은 사내 본다
CT 촬영실 문이 천천히 닫혀지고
침묵은 은유로 놓인 채 출구를 찾지 못한다

난수표 같은 길을 헤쳐 나온 몸에게
삼가 경의를 표하지 못한 죄로
오늘은 죽은 듯 누워 참회라도 하는 걸까

아직 따끈따끈한 꿈과 애틋한 사랑
은밀히 숨겨놓은 좌절과 슬픔까지
내장된 몸의 파일을 판독할 수는 있을지

관계자 외 출입금지가 적힌 문이 열려진다
한 권의 책으로는 못 다 풀어낼 일생을
무표정 이동침대가 어디론가 끌고 갔다

# 나팔꽃 · 2

출렁출렁 강물 같은
긴 날을 건너와서

그리움 훤히 비치는
가슴을 움켜잡은 채

오늘도 그대를 위해
보라색 등을 켠다

## 호계역에서


빡빡한 사람살이
조여드는 초침 소리

걸쭉한 사투리를
칸칸이 풀어놓던

비둘기 완행열차가
세월 거슬러 오고 있네

# 골목길에서

목차가 있는 책표지 첫 장을 넘겨가듯
꾸불꾸불 작은길을 가만히 들어선다
꿈꾸는 자궁과 같은 속살이 따뜻하다

눈에 확 뜨이는 텃밭 한 귀퉁이
오동통 살찐 메꽃이 객을 반겨 맞는다
내 고향 소똥 냄새도 덤으로 뛰쳐나온다

할머니 정든 사투리 손자를 불러가듯
소리를 문 집들이 두런두런 일어선다
빨래가 바람에 날려 배가 빵빵하다

중심에서 변방으로 밀려난 지 오래지만
어둠과 햇살이 함께 어울려 살아가는
골목길 들숨날숨이 감칠맛 도는 숭늉 같다

# 풀꽃을 보다가

산길을 오르다 본
이름 모를 풀꽃 하나

남들이 허수히 보며
스치고 지났어도

나 없이
산도 없다는 듯
함초롬히 피었다

# 칠불암 가는 길에

1

산 첩첩 칠불암에 부처님 만나러 간다
세상의 슬픈 곡조 사각사각 밟히지만
마음은 깃을 치는 새, 구름 길 따라간다

병풍바위 그 어디에 부처님 형상 있었을까
석공의 정 소리가 경건하게 울려 퍼질 때
사방불 아미타삼존불 사해를 굽어 보았지

소망이 해돋이처럼 물굽이 쳐 오르고
가슴에 뭉친 설움도 낱낱이 해체되는
부처님 자비로운 미소 합장하는 마음이여

2

아아 그랬구나 저 마다의 바탕에는
오롯이 숨어 반짝이는 제 형상이 있었음이니
그 형상 찾아 만리 길 길은 또 길을 연다

# 첫눈


살면서 그린 그림
부끄러운 얼룩뿐이어서

다시 그리고 싶은
내 꿈의 푸른 들녘

그런 날
화지 펼치듯
함박눈이 내리시네

# 나를 쓸쓸하게 만드는 것들

내 즐겨 오르던 산에 새로운 길이 났다
추억은 오래도록 살아서 꿈틀대는 데
4차선 이 길 어디에도 옛 흔적은 남지 않았다

여문 곡식들로 가득 차던 논과 밭
무성한 잡초들이 키를 재듯 서 있고
그 건너 아파트 군상 죽순처럼 솟아 있다

사춘기 한 시절이 옛길로 지나가고
겁 없는 또래 애들 뛰놀던 동구 밖은
아득한 향수로 남아 먼 생각에 잠겨있다

한 입 베어 문 사과는 왜 그리 새콤할까
꿈과 동심이 담긴 화첩을 들여다보는
저녁놀 타는 서녘의 눈시울이 저리 붉다

# 나목

잎잎에 잠긴 욕념
말끔히 털어버리고

지그시 눈을 감고
참선에 들고 있는

한 번쯤
나를 버리고
그렇게 있고 싶다

# 소나무 · 2

비탈진 언덕길에
늙은 소나무 한 그루

오오랜 세월 동안
속은 다 문드러졌어도

저것 봐
우듬지 끝의
연초록 잎새 한 장

# 회상 · 2

날카로운 칼끝 같은 세상을 밀어내며
과거의 사람이 내게로 걸어왔다
그때의 풍경 몇 점도 내게로 걸어왔다

뽀송한 아지랑이 먼 기억을 헤쳐간다
지금은 어디서 무엇을 하는지
아릿한 그리움처럼 다가온 사람아

한때는 너 없이 죽을 것만 같은
아직도 이팔청춘 꽃 같은 그 시절이
한 아름 기쁨과 눈물 펑펑 쏘아 올린다

제 4 부

반추

# 석화

한 송이 돌꽃이라도
그냥 피었으랴

제 몸을 깎아내는
극한의 날을 지나

마침내
선정에 들은
눈물 같은 내 사랑

# 첫사랑


친구의 아버지가 먼 길을 떠나신 후
위로를 전하기 위해 찾아간 초가삼간
보리싹 파릇 돋아난 논둑길을 지나서

두런두런 이야기로 꽃 피우던 툇마루
사슴처럼 맑고 큰 눈 괜스레 좋아 보여
내 어린 가슴 가득히 차오르던 설레임

"네가 얄밉다"는 그 말 미완의 문장 같았지만
그래도 밉지 않은 그 날의 앳된 추억
훈풍은 그렇게 와서 그예 전설이 되었다

# 졸업사진을 보며

오래 전 흑백 사진 슬며시 꺼내든다
아릿한 기억 속의 저 악동은 누구였지?
해맑은 웃음 너머로 둥실 떠오른 교정校庭

초임 발령을 받아 맨몸으로 부딪혀가던
열정뿐인 선생님의 좌충우돌 풋사랑
더러는 마음 조이며 가야 할 때도 있었지

조약돌 같은 꿈이 모여 세상의 길을 열던
이마에 맺힌 땀방울이 수정 같은 그 아이들
한 생애 가던 그 길이 꽃길인양 환하다

# 별리

1

이승과 저승의 거리 백지 한 장 차이란 듯
정분을 나눈 이가 유명을 달리했다
보내고 그리는 정이 강물로 흐른다

2

너와 내가 기억하고 지내온 알뜰한 것들
가뭇한 세월 속에 묻고 묻히다 보면
그 누가 기억할 것인가 여기 우리 있었음을

3

잊고 잊히는 것은 슬픈 일이지만
어쩌면 있고 없음은 억겁 속의 찰나의 일
지구가 돌고 도는 것은 그 때문일 것이다

# 고래 한 마리

푸푸푸 하얀 물줄기 뿜어 올리는
고래 한 마리 볼 수 있다고
바다는 속살거리며 유혹하곤 했었지

한껏 부푼 기대감은 신기루에 불과했지
채워도 좋을 손으로 기껏 움켜잡은 건
번지수 알 수도 없는 환상통 그뿐이었지

막다른 골목길에서 나는 알게 되었지
허깨비 같은 허상을 다 비운 후에야
비로소 고래 한 마리 마음속에 있다는 걸

## 우울에게

찌푸둥한 몸을 털며 일어난 이 새벽
스산한 바람 불어 생각은 더욱 적막한 데
가슴 속 숨은 우울이 스멀스멀 일어선다

빛나는 한 시절이 돌아보면 뜬구름 같아
내 생의 X, Y축 그 근간을 흔들며
경계를 넘어서 오는 내 슬픈 자화상

목이 멘 그리움은 또 왜 그리 아득한가
세상 곳곳은 흐드러진 안개꽃
음습한 기억이 모여 일상을 난도질한다

초록 봄 물고 오는 홍매의 웃음처럼
무간지옥 같은 이 어둠 확 떨치고 일어서서
스스로 주연이 되어 걷고 싶다 이 길을

# 밤거리에서

어둠이 적막처럼 몰려오는 밤이면
길가의 가로등도 외롭긴 마찬가지다
발길에 툭툭 채이는 상처마저 외로운 거

부고 한 줄 남기고 떠나버린 친구여
그대의 땀이 남은 지상의 길을 지우며
세월은 함묵 속으로 그냥 흘러가는 거

헛헛한 세월이라고 그냥 두고만 볼 것인가
길섶의 잡초들도 외로우니 꽃 피운다
숫돌에 날을 갈듯이 나를 갈며 가야겠다

# 반추 · 1

오체투지 자벌레가 걸어간 길을 보며
살면서 새긴 문양 가만히 꺼내본다
다시는 되물릴 수 없는 길과 인생에 대하여

행여 이 길 아닌 다른 길을 걸었더라면
그 일을 이리 말고 달리 처리했더라면
가는 길 펼친 풍광이 더욱 화사 했을지 몰라

꽃 분분 날리는 날은 그래서 가끔 돌아서서
아쉬움 울컥 터지는 길을 바라도 보지만
혼자서 걸은 이 길이 내가 있어 길이 된 걸

일(一)자로 바로 가나 에스(s) 자로 돌아가나
제 몫을 다한 길은 저리 환한 것
휘영청 둥근 길 하나 눈 맞추며 오고 있네

# 반추 · 2

마음먹고 하는 일은 실패한 적이 없었지
자존은 옹골지게 너무 깊게 뿌리 내려
지구는 자기를 위해 돈다고 생각했었지

까짓것 했던 일을 어쭙잖게 하지 못하고
눈앞에 툭 던져진 천 길 저 벼랑길
낙담은 이죽거리며 온몸을 돌았었지

실패를 아는 겸손이 자존의 출발점이란 걸
오랜 방황 끝에 문득 깨닫게 되고
그제야 낯선 길 하나 내게로 와 길이 되었지

# 반추 · 3

청청한 꿈과 희망은 오로지 내 것이었다
아무것도 겁나지 않은 블도저 같은 20대였다
그렇게 보낸 청춘은 스스로의 자존이었다

가을이면 국화꽃이 어디든 만발하였고
순박한 아이들에게 사랑의 이름으로
가르친 그 한때의 정열 반짝이는 보석이었다

짬짬이 꺼내어 보는 그 날의 흑백사진첩
다시는 갈 수 없는 까까머리 순수함으로
풀꽃은 또 저리 피어 마음 밭을 갈아 놓는다

# 반추 · 4

볼때기 살짝 쥐며 요놈 어찌할까
선생님 너털웃음 원 펀치 깜찍한 흉내
침침한 간이교실도 좋아라고 웃어댔다

빗자루 싸움을 하면 천방지축 신이 났다
화장실 벌 청소도 신명으로 풀어내고
강냉이 죽 한 그릇엔 가난도 물건너 갔다

엄지 척 세운 격려의 말씀처럼
그 때 그 시절이 슬그머니 돌아와서
위기로 들썩이는 교실 품속에 꼭 껴안는다

# 반추 · 5


한가로이 볕을 쬐던 초가 한 채 있었지
세간살이 볼 것 없어도 뜨락만은 별천지여서
투구 쓴 맨드라미며 석류꽃도 고왔었지


가난을 이기는 길은 공부뿐인 기라
화초를 키우듯 자식에게 건넨 말씀
속 깊은 내리사랑의 아버님도 계셨지


세월도 철이 들어 꽃 한 송이 피우기까지
외롭고 고적한 길 내색 않고 걸어오신
교범도 그런 교범을 아직 난 찾지 못했지

## 반추 · 6

마을을 감싸 안고 돌아가는 도랑이 있고
가뭄에도 마르지 않는 우물도 있었다
골목길 끝나는 곳에 너부죽이 앉은 자가自家

어쩌다 별똥별이 한 점 일 획 긋고 난 후
한순간 사라져간 세상 저 건너편
동경이 막무가내로 뒤척이는 밤이 있었다

형님이 입던 바지 대물려 입는 날도
꿰맨 옷 불평 없이 걸치고 나선 날도
하늘은 환한 웃음으로 앞길을 비춰 줬다

남루가 남루인 줄 모르고 건너왔던
한 끼 두레 밥상에도 꿈이 있던 그 시절
오늘은 스펙 없이도 맛난 음식 차려낸다

# 참새

길에서 모이를 쪼는
앙증스런 참새 몇 마리

어험, 기침 소리에
포로롱 날아간다

내 유년
초가집 한 채
들썩이던 그 앞마당

# 무제 · 2

1
아, 이렇게도 당신을 호명할 수 있는 거구나
정감 도는 이름 대신 구백 팔십 육번으로
날이 선 수직의 구도 비껴가는 햇살 한 줌


2
방송 기사는 늘, 정직한 줄 알았다
서릿발 돋은 상상력 그 위대한 춤사위 앞에
추임새 넣는 관객은 이면의 끝 보지 않는다


3
눈물샘 펑펑 솟는 마음 길 열어가며
언제쯤 살아 꿈틀대는 이름 한 번 불러 볼까
짓밟힌 잡풀 한 포기 고개 드는 이 아침

# 소풍

아이들 데리고 경주 남산 오른다
또르르 굴러오는 햇살을 훔치면서
한 소절 노래를 얹는 동심이 하늘 같다

허리가 꼬부라진 가파른 길을 따라
솔향기 문 산새가 푸드덕 깃을 치면
함성은 폭죽으로 솟아 가쁜 숨도 쉽게 연다

정상에서 바라보는 한 폭의 수묵담채화
더하고 뺄 수도 없는 그 꽉 짜인 구도 속으로
아이들 밝은 웃음이 내일인 듯 스며든다

# 배웅

울산역 대합실에서 너를 배웅한다
건강해라 등 다독이며 보내는 손 끝마디
다 못한 당부할 말이 점자를 찍는다

결혼할 아가씨와 만남은 잘 되어 가는지
회사 일은 술술 잘 풀리고 있는지
내 차마 못 물은 말이 홍수 사태 지는 데

돌아서 뚜벅뚜벅 가는 네 모습
그렇지, 묻지 않아도 잘 하고 있다는 듯
열차가 당도할 곳을 찾아 꼿꼿이 가는구나

## 아내의 뒤뜰 · 3

따스한 햇살 경전
펼쳐 든 아내의 뒤뜰

바람이 부려놓은
깃털 같은 풀씨 하나가

어둑한 세월 딛고서
웃음 함빡 머금었네

## 아내 · 7

모임에 가는 아내 손 흔들며 배웅하다
보았네 가리마 사이 하아얀 억새 한 무리
주마등 스쳐 가듯이 살아온 세월의 무게

고단한 오늘을 밀며 내일로 가는 길에
하늘은 늘상 푸르른 하늘이 아니지만
아직도 세 끼 식사를 챙겨주는 아내여

남은 날 같은 방향 같은 보폭으로 걸어갈
감히 사랑을 정의한다면 그런 거
부부란 인연 앞에서 두 손 가만 모은다

# 아내 · 8

요거트 크림오일 물 한 컵 웃음 한 잔
대령한 그 값은 볼에다 뽀뽀 한 번

봄날도
환한 이 봄날
달로 뜨는 내 사랑

# 반추 · 7

—아내


보리밭 사이로 그녀가 걸어왔다

콩닥콩닥 뛰는 가슴 온 지구를 안았다

그렇게 만난 우리는 서로에게 시가 되었다

# 부부 · 2

아내와 둘이서 산길을 걸어가다
설핏 풀어본 쓸쓸한 생각 하나
이렇게 보폭 맞추며 걷는 날이 얼마나 될까

푸서리 길이거나 평탄한 길이거나
어깨를 기대가며 함께 한 사십 여년
추억은 방실거리며 수묵 한 폭 치는 데

날도 가고 달도 가고 내 인생도 저물면
몸져누워 걷지 못하는 그런 날도 있을 테지
서로 손 꼬옥 잡으며 넘어야 할 저 능선

# 행복

지극한 정성으로 놓치지 않고 나오는
손맛으로 끓여내는 맛깔 난 된장찌개
아, 좋다 한 숟가락 뜨면 감탄사가 있던 식사

필생에 명화 한 폭 그리지 못했어도
소소한 일상 속에서 만나는 당신의 사랑
뚝배기 된장찌개에도 꽃길 하나 넌출댄다

## 아비의 마음

이른 아침을 열며 출근을 서두르는
종종대는 딸애 모습 짐짓 못 본 체하면서
조그만 틈새 소리도 놓치지 않고 듣는다

저울로 달아보는 중량 넘친 세상일도
고만고만 다독이며 갈 수밖에 없는 것은
껌딱지 자기 자식이 눈에 밟히기 때문일까

현관문 열고 닫는 묵직한 소릴 들으며
새로 맞는 이 하루 좀 더 가벼워지라고
창문 밖 멧새 한 마리 햇살 톡톡 쪼고 있다

## 몸에게

매미 소리 울어대는 내 몸을 바라본다
힘도 근력도 쇠잔한 너를 보며
눈앞을 스치고 지난 풍경들을 생각한다

눈부신 사춘기 가슴 괜히 설렌 날도
두 무릎 곧추세운 그림 같은 청춘도
뜨거운 네 힘 아니면 어찌 여기 있을까

돌아보면 끼니 위해 권위에 숙인 고개
속된 인생길에 한숨은 덤이었지만
묵묵히 제 소임대로 또박또박 걸어온

아직 남은 결승점 굽이진 길이지만
숙명의 울음으로 모두를 사랑하며
천지간 목이 터져라 노래하다 가야겠다

# 산을 보며

색색깔의 나무들이 터를 잡아 살고 있는
만근 무게로 앉은 듬직한 산을 보라

아버지
걸어온 길이
햇살처럼 환하다

## 아버지 · 6

흑백 사진첩에는 세월도 멈춰선다
유채색 알록달록 풀어논 그림 같은
지금의 나보다 더 젊은 아버님도 계신다

정화수 떠다 놓고 네 엄마와 식 올렸다
큰놈 결혼식 땐 많은 하객 보기 좋았제
끝내는 흘린 눈물로 앙금 풀던 날도 있고

요것 봐라 얼매나 이쁘게 생겼노
서로 안아보려 사람들이 그러했제
자식에 대한 포부로 가슴 부푼 그런 날에

필름을 멈춰보면 올올이 푸는 말씀
살아오신 한 생애가 가슴 물씬 적시는데
세월을 되돌릴 수 없어 마음 갈아엎습니다

# 용월*

아버님이 챙겨주신 용월 한 포기
새끼가 새끼를 낳고 그 새끼가 새끼를 낳아
아무도 부럽지 않은 대가족이 되었네

생각하면 아버님의 한 생애가 그러하듯
육남매 자자손손 번성하길 기원하는
그 뜻을 잊지도 않고 무량무량 자랐네

못 먹고 못 살던 그 때에도 한결같이
자식을 위한 걸음 언제나 당당했던
아버님 그 그늘 속을 용월 함께 걸어보네

* 다육식물의 한 종류

# 면회

표충사 근처에 있는 늘푸른 요양병원
적막한 그곳으로 아버지 뵈러 갔다
하늘은 맑은 가을빛 단풍잎은 붉게 타는데

내가 있을 곳은 네 어머니 있는 집
집에 가자 집으로 가자 아기처럼 칭얼대던
그 침상 덮은 모포가 유별스레 하얗다

고려장에 대한 생각 애써 털어내며
아버지 위리안치한 요양병원 돌아 나올 때
먹먹한 가슴 가득히 천근 바위 눌러댔다

그렇게 아버지는 이승을 하직 하셨다
마지막 집을 그리던 잊지 못할 그 눈빛
앙가슴 새긴 눈물로 말없이 보내드렸다

# 반추 · 8
― 어머니 기일에

병원은 냉정했고 나는 무력했다
둘째가 돌아오면 숨통이 트일 것 같다는
마지막 유언 같은 말씀 아직도 숨이 차다

조그만 공기 속의 미음 몇 숟가락
뜨다 말다 말다 뜨다 끝내 옆으로 밀쳐놓던
고봉의 저승밥 보고 터져버린 눈물샘

며느리 병구완에 고맙다는 말 대신
내 병 나으면 너를 귀히 여기겠다는
애틋한 그 마음 잡고 그리 섧게 울던 아내

어머니 모시 적삼 떠나신 지 사십여 년
매사에 통이 크고 깔끔했던 그 모습
오늘은 다시 오시려나 별빛 무진 반짝인다

# 고향집

어울려 살던 초가 몇 채 학교 부지로 변했다
텃밭이 있던 앞마당 견고한 담이 되었고
가을밤 밝히던 우물 별똥별로 날아갔다

옹기종기 장독대처럼 3대가 모여 앉아
꿈과 사랑을 엮어가던 두레밥상
아버지 큰 기침소리 추억은 향수가 된다

어차피 가고 없으면 그뿐인 인생이라지만
서녘의 노을처럼 아련히 떠오르는
초가집 하얀 이마가 윤슬로 반짝인다

# 내 꿈의 푸른 들녘 그리고
# 길의 시간


박 지 현
(시인 · 문학박사)

# 내 꿈의 푸른 들녘 그리고
# 길의 시간

박 지 현
(시인 · 문학박사)

1.

추창호 시인의 시조집 『풀꽃은 또 저리 피어』를 읽는다. 작품 곳곳에는 지난 시간을 반추하고 걸어온 발자국들이 들꽃처럼 피어있거나 그리움과 회한으로 얼룩져있음을 파악할 수 있는데 시인과 대상과의 사이에는 특별한 경계나 머뭇거림이 없다. 늘 함께 한 가족과 오랜 교직 생활을 통해 반추된 추억과 기억들 그리고 부모에 대한 무한한 사랑과 신뢰가 특징을 이루고 있는 것을 본다. 작품에서 발견된 그리움의 미학과 연민은 특히 시인이 그간 걸어온 길과 여정에서 비롯된 것이기에 매우 설득력을 가진다. 대상에 대한 소박한 감정과 그 이면을 들여다보고 받아내는 따뜻한 시선과 반성은 시인만의 정서적 이완과 교감으로 가득한 것으로 보이는 것이다. 무엇보다 가족에 대한 사랑이, 특히 아내에 대한 고마움과 편안한 기댐이 이 시집을 든든하게 뒷받침하고 있음을 본다.

시인은 잘 살았다고 여겼지만 돌아보면 실수투성이이거나 아쉬움으로 가득하여 어찌 회한이 없을 수 있을까만 잘 들여다보면 회한을 말하고자 함이 아니라는 것도 알 수 있다. 시인이 갖는 성찰적 인식은 직접적이든 간접적이든 자신이 선택하고 걸어온 길이 잘한 것이었다고 여기는 동시에 그것은 외부적 요인과 또 다른 열정의 등 떠밀림은 아니었겠는가 여겨지기도 하는 것이다.

무엇보다 서정적 자아가 만난 대상이 추상과 관념적이지도 않고 멀리 있지도 않다는 것을 이 시조집에서 확인할 수 있다. 지금에 이르러서야 비로소 보이는 대상은 그전에도 충분히 만났으며 보였겠지만 좀 더 구체적으로 좀 더 활달하게 좀 더 직접적으로 내 앞으로 바짝 다가와 손을 내밀고 있는 것을 두 손으로 온전히 받아든 것이 아닌가 싶은 것이다. 비록 놓쳤거나 간과했거나 후회스러운 경험일지라도. 이 시조집에서 읽힌 시인의 삶의 반경은 보폭이 그리 크지 않으면서도 매우 반듯하고 주변적 환경에 활달한 열정을 아끼지 않고 달리거나 걸어왔던 것을 짐작할 수 있다. 그것은 시인의 내면에서 뜨겁게 타오르는 삶에 대한 열정과 틈만 나면 주변을 돌아보는 넉넉함이 늘 일정한 믿음으로 작동했기 때문으로 보인다. 시편 곳곳에서 발견되고 있는 그것은 교직을 퇴직한 이후에도 식지 않았음을 알아차리게 한다. 무엇보다 자연과 주변적 환경을 허투루 지나치거나 간과하지 않았다는 데서 특장을 갖는다. 주변적 요소나 내적 요소의 사소한 떨림이나 작은 존재에 대해서도 가까이 보다더 자세히 들여다보고 말을 걸면서 '지금, 내게'로 거리낌 없이 받아들이고 끌어왔기 때문일 것이라고 짐작한다.


산길을 오르다 본
이름 모를 풀꽃 하나

남들이 허수히 보며
스치고 지났어도

나 없이
산도 없다는 듯
함초롬히 피었다

—「풀꽃을 보다가」 전문

제 생긴 모습 그대로
꿈을 물고 와서

속살 환히 드러나도록
꽃을 피웠습니다

피운 꽃
하나하나가
잊지 못할 절창입니다

　　　　　　　　　— 「들꽃」 전문


군살 하나 없는
저 근육질 따라가면

단맛 쓴맛 모두 맛본
백전노장의 심줄 같은

한 사내
지난한 삶이
걸어간 길 보인다.

　　　　　　　　　— 「소나무 뿌리」 전문

비탈진 언덕길에
늙은 소나무 한 그루

오오랜 세월 동안
속은 다 문드러졌어도

저것 봐
우듬지 끝의
연초록 잎새 한 장

—「소나무·2」전문


　시인의 시선이 머문 '산길'을 따라가 본다. 유난히 눈길을 잡
는 것은 '이름 모를 풀꽃 하나'이다. 시인의 발길을 멈추게 하
는 그 존재보다 멈출 수밖에 없는 상황을 만난다. 지금, 이 시
간 '풀꽃'의 만남을 위해 존재하는 것처럼 그렇게 맞춰져 있
다. 시인의 현재 상황이 이 모든 것을 이끌어낸 것을 알 수 있
다. 누구나 마주칠 법한 아주 사소하고 작은 만남이다. 그러나
집 부근이나 보도블록을 걸어갈 때 만날 수 있는 수많은 풀꽃
의 존재가 지금, 이 순간 '산길'을 오르면서 만났다는 데서 큰
의미를 갖는다. 그것은 산이라는 큰 존재가 그 뒤를 떠받고 있
다는 것을 알았기 때문이다. 평지의 길을 걷는 것이 아니라 오

르막 산길이라는 데서 유독 눈에 들 수밖에 없는 것이다. 따라서 오르막의 수고로움이 함께 한 그곳에서의 '풀꽃'의 존재는 곧 서정적 자아와의 동일성을 갖는다는 것을 알 수 있다. 무수히 많은 풀꽃 중 하나가 유독 눈에 들어온 것은 아주 자연스러운 일일 수밖에 없다. 누구든 살면서 자연스러운 특별한 만남은 늘 있기 마련이다. 시인은 '산길을 오르다 본/ 이름 모를 풀꽃 하나// 남들이 허수히 보며/ 스치고 지났어도' 그냥 지나칠 수 없다. 그냥 지나칠 수 없을 뿐만 아니라 그 뒤를 들여다본다. 그것은 '길'이다. 지금까지 살아온 길은 대부분 '산길'이었을 것이다. 더러 평지가 있었어도 오르막 내리막이 함께 있는 그 길이었을 것이다. 긴 시간 돌아보면 직선의 길보다 구불한 길이 더 많았을 것이다. 어떨 땐 절벽과 내리막이 함께한 산속 깊은 거친 길이었을 것이다. 피한다고 피할 수 없는, 선택의 여지가 없는 길도 있었을 것이다. '나 없이/ 산도 없다는 듯/ 함초롬히 피었다'(「풀꽃을 보다가」 전문)라고 존재에 대한 신뢰를 가지지 않았다면 견디기 힘든 삶이라는 것을 보여준다. 그것은 '제 생긴 모습 그대로/ 꿈을 물고 와서// 속살 환히 드러나도록/ 꽃을 피웠습니다// 피운 꽃/ 하나하나가/ 잊지 못할 절창입니다'(「풀꽃을 보다가」 전문)에서 다시 확인하게 된다.

　작품 '군살 하나 없는/ 저 근육질 따라가면// 단맛 쓴맛 모두 맛본/ 백전노장의 심줄 같은// 한 사내/ 지난한 삶이 걸어간 길 보인다. (「소나무-뿌리」 전문)'에서도 시인의 모습을 파악할 수 있다. 산속에 만난 소나무의 '뿌리'를 보고 멈춰 선 시인의 모습은 단순히 구경을 위해서가 아니다. 땅 위에 울퉁불퉁 솟은 그 뿌리는 소나무만의 것이 아니라는 것을 말하고 싶은 것이다. '한 사내'의 삶이 그랬을 것임을 확인하고자 하는 것이다. 그것은 자신의 길이면서 동시에 이 시대를 치열하게 살아온 가장의 모습일 수 있다는 것을 말하고 싶은 것이다. 시인은 '비탈진 언덕길에/ 늙은 소나무 한 그루// 오오랜 세월 동안/ 속은 다 문드러졌어도// 저것 봐/ 우듬지 끝의 연초록 잎새 한 장'을 찾아낸다. 시인이 들여다본 소나무는 살아온 만큼의 세월이 온전히 남아 있음을 발견하는 동시에 새로운 시간을 만들어내고 있음을 발견한다. '우듬지 끝의 연초록 잎새 한 장'은 현재의 삶인 동시에 미래를 열어놓는 희망의 시간이기 때문이다. 걸어온 만큼의 시간은 어디로 간 것이 아니라는 것을 보여주고 싶은 것이다. 온전히 내 몸에 남아서 새로운 연초록의 잎을 틔운다는 것을 확인하고 싶은 것이다.


2.


새벽이 오는 길을 한 사람이 가고 있다
먼저 간 사람들이 자박자박 밟아간

돌아서 갈 수도 없는 그 길을 가고 있다

그 어느 석기인이 걸어간 길이다가
그 어느 조선인이 걸어간 길이다가
마침내 오늘에 이른 뼈만 남은 길이여

살아서 가야 할 그뿐인 길이라면
만 생각 다 그만두고 내 그냥 가도 좋을
저 환한 그리움으로 반짝이는 길이 있다

— 「그냥」 전문


만 가지 생각들이
상심으로 돌아올 때

내 몸은 나래 꺾여
풀이 죽은 새 한 마리

소나기
쏟아져 내린
청청한 하늘 본다

— 「비정규직의 하루」 전문

살면서 그린 그림
부끄러운 얼룩뿐이어서

다시 그리고 싶은
내 꿈의 푸른 들녘

그런 날
화지 펼치듯
함박눈이 내리시네

— 「첫눈」 전문


잎잎에 잠긴 욕념
말끔히 털어버리고

지그시 눈을 감고
참선에 들고 있는

한 번쯤
나를 버리고
그렇게 있고 싶다

— 「나목」 전문

시인은 이제 좀 더 멀리 좀 더 폭넓게 시선을 확장한다. 시적 대상에게 적극적으로 다가가면서 발견한 그 길을 따라가고 있다. 작품 「그냥」은 누구에게나 일어날 수 있는 일이고 누구에게나 처음이고 중간이고 끝일 수 있다는 것을 보여주고 싶다는 것을 알 수 있다. 이 순간 길을 가는 사람은 지금의 '너'일 수 있고 어제의 '나'일 수 있다는 것을 확인하고 싶은 것이다. '새벽이 오는 길을 한 사람이 가고 있다/ 먼저 간 사람들이 자박자박 밟아간/ 돌아서 갈 수도 없는 그 길을 가고 있다(「그냥」 부분)'에서 '한 사람'에 주목한다. 그 한 사람은 어제를 살았고 오늘을 살고 있으며 내일도 살아가는 사람일 것이다. 우리가 걸어가고 있는 이 길은 특정한 누구의 길이 아니라는 것을 모르는 바가 아닐 것인데 유독 우리는 '길'에 대한 무게와 의미를 재고 싶어 한다. '그 어느 석기인이 걸어간 길'이면서 동시에 '그 어느 조선인이 걸어간 길'이 된 '마침내 오늘에 이른 뼈만 남은 길'이 되어버린 그 길을 시인은 무연히 바라보고 있다. 지난 시간 걸어왔던 길을 다시 들여다보고 다시 무게를 재어보고 싶은 것은 인지상정이지만 자꾸 뭔가가 불편하고 뭔가를 놓쳐버린 것만 같은 불편한 속내를 감출 수가 없는 것이다. 그래서 '살아서 가야 할 그뿐인 길이라면/ 만 생각 다 그만두고 내 그냥 가도 좋을' 길로 받아들이기로 할밖에 없다. 그렇다면 그 길은 '저 환한 그리움으로 반짝이는 길'이 될 것이므로 시인은 시선을 다시 확장한다. '나'를 벗어나 '너', '우리'에게로 향한다. '만 가지 생각들이/ 상심으로 돌아올 때/ 내 몸은 나래 꺾여/ 풀이 죽은 새 한 마리'(「비정규직의 하루」부분)를 기어이 찾아낸다. 애를 써도 '비정규직의 하루'는 그저 '소나기/ 쏟아져 내린/ 청정한 하늘'을 볼 수밖에 없게 한다고 해도 포기할 수 없다. '첫눈'은 행운을 준다고 하지 않는가. '살면서 그린 그림/ 부끄러운 얼룩뿐'이지만 그것을 다시 고쳐 살 수 있는 시간은 있다. '다시 그리고 싶은/ 내 꿈의 푸른 들녘'을 마주하며 꼿꼿이 일어서야 하는 것이다. 힘차고 당찬 꿈을 포기하지 않고 다시 펼쳐내어야 하는 것이다. '그런 날/ 화지 펼치듯/ 함박눈'이 쏟아지기 마련인 것이다. 비록 온몸의 잎을 다 떨어뜨리고 알몸으로 서 있더라도 '잎잎에 잠긴 욕념/ 말끔히 털어버리고// 지그시 눈을 감고/ 참선에 들고 있는// 한 번쯤/ 나를 버리고/ 그렇게 있고 싶'은 것을 숨기지 않는다. 버리는 것이 곧 채우는 것이라는 것을 시인은 알고 있다. 온몸에 돋은 나뭇잎을 훌훌 벗어낼 때 새로운 잎이 기다리고 있다는 것을 알기 때문이다. 지금까지의 삶을 벗어버리고 새로운 길에 든 '나'를 이끌어야 하는 것이다.

오체투지 자벌레가 걸어간 길을 보며
살면서 새긴 문양 가만히 꺼내본다

다시는 되물릴 수 없는 길과 인생에 대하여

행여 이 길 아닌 다른 길을 걸었더라면
그 일을 이리 말고 달리 처리했더라면
가는 길 펼친 풍광이 더욱 화사했을 지 몰라

꽃 분분 날리는 날은 그래서 가끔 돌아서서
아쉬움 울컥 터지는 길을 바라도 보지만
혼자서 걸은 이 길이 내가 있어 길이 된 걸

일(一)자로 바로 가나 에스(s)자로 돌아가나
제 몫을 다한 길은 저리 환한 것
휘영청 둥근 길 하나 눈 맞추며 오고 있네

—「반추·1」 전문


청청한 꿈과 희망은 오로지 내 것이었다
아무것도 겁나지 않은 불도저 같은 20대였다
그렇게 보낸 청춘은 스스로의 자존이었다

가을이면 국화꽃이 어디든 만발하였고
순박한 아이들에게 사랑의 이름으로
가르친 그 한때의 정열 반짝이는 보석이었다

짬짬이 꺼내어 보는 그 날의 흑백사진첩
다시는 갈 수 없는 까까머리 순수함으로
풀꽃은 또 저리 피어 마음 밭을 갈아 놓는다


— 「반추 · 3」 전문


　추창호 시인이 추구한 삶과 이상은 멀리 있지 않다는 것을
작품을 통해 확인할 수 있는데 대체로 애초 그랬듯 끝까지 품
에서 놓지 못한 '푸른 꿈'에 있다. 앞으로 걷고 달리면서도 수
없이 뒤를 돌아보는 일이 왜 없을까만 되돌아보고 다시 발밑을
들여다보면서도 곧 몇 걸음 더 훌쩍 앞으로 내달리고 있다는
것을 작품 곳곳에서 발견할 수 있다. 지향점이 꼭 이것이다라
고 못 박은 것은 아닐지라도 시편에 고루 편재한 지향점을 확
인하면서 새로운 길을 찾아 나서는 것을 주저하지 않는다. 곧
그것은 새로운 '길의 시간'을 만들어내는 힘이 되고 있음을 알
수 있기 때문이다. '오체투지 자벌레가 걸어간 길을 보며/ 살면
서 새긴 문양 가만히 꺼내본다/ 다시는 되물릴 수 없는 길과 인
생에 대하여' 깊은 생각에 빠진다. 대상을 깊이 들여다보고 또
들여다보는 시인의 모습을 떠올릴 수 있는 대목이다. 이미 지
나온 길을 다시 되짚어 본다는 것은 일종의 회한일 경우가 많
다. '되물릴 수 없는 길과 인생'을 모르지 않지만 굳이 그러고
싶은 것이다. '행여 이 길 아닌 다른 길을 걸었더라면/ 그 일을

이리 말고 달리 처리했더라면/ 가는 길 펼친 풍광이 더욱 화사했을지 몰라' 라고 가정하며 자문자답과 위안을 하는 것은 어쩌면 시인에게 이쯤 해서 필요한 것인지도 모른다. 내면의 소리에 애써 외면하기보다 오히려 드러내놓고 다 털어놓으면서 '혼자서 걸은 이 길이 내가 있어 길이 된' 그 길이라는 것을 확실하게 마주할 수 있게 되는 것이다. 시인이 가고자 하는 그 길은 애써 군이 찾아내고 만들어낸 길이지만 한 치 앞을 볼 수 없는 어둠 속의 길이었음을 부인할 수는 없는 것이다. 눈으로 빤히 길을 보고 있으나 가보지 않은 길이므로 안다고 할 수 없고 옳은 길이라고 판단할 수 없는 것이다. 그러나 분명한 것은 이 길이 옳다고 판단한 '나의 길' 이라는 데서 결코 되물릴 필요가 없는 '나의 길' 임을 마음속으로는 이미 알고 있다는 것이다. '일(一)자로 바로가나 에스(s)자로 돌아가나' 그게 무슨 상관 있는가. '제 몫을 다한 길' 이면 다 된 것이다. 그래야 '휘영청 둥근 길 하나 눈 맞추며' 나에게로 '오' 는 것을 볼 수 있다. 좋은 선택이며 옳은 길인 것은 그런 것이다. '청청한 꿈과 희망' 과 그것으로 비롯된 '자존' 은 젊은 시절의 주춧돌이며 기둥이었다. 교직에서 불살랐던 열정은 '반짝이는 보석' 이었으며, '다시는 갈 수 없는 까까머리 순수함' 그 자체였다. 지금 이 순간, 이 모든 길은 '풀꽃은 또 저리 피어' 서 오래 시인을 품을 것이기 때문이다.

3.

아내와 둘이서 산길을 걸어가다
설핏 풀어본 쓸쓸한 생각 하나
이렇게 보폭 맞추며 걷는 날이 얼마나 될까

푸서리 길이거나 평탄한 길이거나
어깨를 기대가며 함께 한 사십여 년
추억은 방실거리며 수묵 한 폭 치는데

날도 가고 달도 가고 내 인생도 저물면
몸져누워 걷지도 못하는 그런 날도 있을 테지
서로 손 꼬옥 잡으며 넘어야 할 저 능선

—「부부 · 2」 전문


지극한 정성으로 놓치지 않고 나오는
손맛으로 끓여내는 맛깔 난 된장찌개
아, 좋다 한 숟가락 뜨면 감탄사가 있던 식사

필생에 명화 한 폭 그리지 못했어도
소소한 일상 속에서 만나는 당신의 사랑

뚝배기 된장찌개에도 꽃길 하나 넌출댄다

—「행복」전문


보리밭 사이로 그녀가 걸어왔다

콩닥콩닥 뛰는 가슴 온 지구를 안았다

그렇게 만난 우리는 서로에게 시가 되었다

—「반추 · 7 -아내」전문


시인이 걷고 또 걸어서 닿는 그곳은 결국 집이다. 그 집은 아내가 있는 집이며 내가 편히 발을 벗어 쉴 수 있는 안식처다. 긴 시간을 함께 걸어온 아내는 곧 시인의 삶이며 인생이다. 바늘과 실은 다른 몸이면서 한몸이다. 그것을 모르는 이가 누가 있으랴만 시인은 '아내와 둘이서 산길을 걸어가다/ 설핏 풀어본 쓸쓸한 생각'에 뒤를 돌아본다. 갑자기 든 생각은 아닐 것이다. '산길'이지 않은가. 살아온 길도 오르막 내리막 산길이었는데 여전히 산길을 걷는 지금 이 세상에서 가장 든든하고 따뜻한 지붕과 벽이며 등받이인 '아내'를 돌아보며 걸어온 길과 시간을 돌아다본다. 그리고 앞으로 걸어간 길과 시간을 들여다 보는 것이다. '이렇게 보폭 맞추며 걷는 날이 얼마나 될까'(「부부·2」 부분)의 그 길은 산길처럼 평탄치 않았을 것이나 늘 함께이어서 푸른 들녘처럼 살아올 수 있지 않았을까. 그러나 살아온 날보다 살아갈 날이 길지 않다는데 생각이 미친다. '사십여 년'을 함께 걸어온 길이었으니 걸어온 날보다는 남은 날이 많을 것 같지 않다는 회한이 시인의 가슴을 쓸쓸하게 한다. '날도 가고 달도 가고 내 인생도 저물면/ 몸져누워 걷지 못하는 그런 날도 있을 테지/ 서로 손 꼬옥 잡으며 넘어야 할 저 능선(「부부·2」 부분)'을 새삼 넘겨다 보는 것이다. 그러나 '지극한 정성으로 놓치지 않고 나오는/ 손맛으로 끓여내는 맛깔난 된장찌개'의 시간이 시인을 끌어안는다. 그 시간은 지난 사십여 년의 시간이었으며 하루하루 산길을 걷는 시간을 어느 정도 평지로 바꾸어놓았으며 그 평지에 난 돌부리나 어긋난 길을 다시 걷게 했을 큰 에너지였을 것이기 때문이다. '아내'에 대한 사랑을 새삼 들여다보는, 새삼 느껴보는 시인의 지금 이 시간은 분명 여전히 푸르름이 있는 것은 의심할 여지가 없다. '뚝배기 된장찌개에도 꽃길 하나 넌출대'(「행복」 부분)는 것을 보고 있지 않은가. 시인의 아름다운 시, '보리밭 사이로 그녀가 걸어왔다/ 콩닥콩닥 뛰는 가슴 온 지구를 안았다/ 그렇게 만난 우리는 서로에게 시가 되었다'(「반추·7 −아내」 부분)는 시인의 작품 중에서도 서로에게 빛이 되었고 서로에게 그늘을 만들어

주었던 삶이었으며 그리하여 하나일 수밖에 없음을 가감없이
드러내었다. 시인이 아내로 지칭되고 아내에게 시인으로 지칭된
지난한 삶을 '푸른 들녘'으로 가꾸어낸 가장 함축된 아름다운
작품일 수밖에 없다.


목차가 있는 책 표지 첫 장을 넘겨가듯
꾸불꾸불 작은길을 가만히 들어선다
꿈꾸는 자궁과 같은 속살이 따뜻하다

눈에 확 뜨이는 텃밭 한 귀퉁이
오동통 살찐 메꽃이 객을 반겨 맞는다
내 고향 소똥 냄새도 덤으로 뛰쳐나온다

할머니 정든 사투리 손자를 불러가듯
소리를 문 집들이 두런두런 일어선다
빨래가 바람에 날려 배가 빵빵하다

중심에서 변방으로 밀려난 지 오래지만
어둠과 햇살이 함께 어울려 살아가는
골목길 들숨날숨이 감칠맛이 도는 숭늉 같다

— 「골목길에서」 전문

하고 싶은 말이
얼마나 많았을까

기도 가도 끝이 없는
저 푸른 초원 위를

하아얀
갈기 앞세워
달려가는 말발굽소리

—「파도 · 2」 전문

푸푸푸 하얀 물줄기 뿜어 올리는
고래 한 마리 볼 수 있다고
바다는 속살거리며 유혹하곤 했었지

한껏 부푼 기대감은 신기루에 불과했지
채워도 좋은 손으로 기껏 움켜잡은 건
번지수 알 수도 없는 환상통 그뿐이었지

막다른 골목길에서 나는 알게 되었지
허깨비 같은 허상을 다 비운 후에야

비로소 고래 한 마리 마음속에 있다는 걸

— 「고래 한 마리」 전문


색색깔의 나무들이 터를 잡아 살고 있는
만근 무게로 앉은 듬직한 산을 보라

아버지
걸어온 길이
햇살처럼 환하다

— 「산을 보며」 전문


추창호 시인은 길의 궤적은 돌고 돌아 아버지가 걸어온 길
에 닿는 것을 본다. 그 길은 '햇살처럼 환하'고 '산'처럼 든든
한 길이다. 시인이 '나'의 길을 걸으면서 비로소 발견한 그 길
이다. 그 길은 애초 아버지의 길이었으며 아버지가 아들을 안배
했던 길이었다. 눈으로 확인하며 손끝으로 만져졌던 그 길은 처
음부터 존재했던 길이었다. 한 번도 시인을 떠난 적 없었던 길
이었다. '목차가 있는 책 표지 첫 장을 넘겨가듯/ 꾸불꾸불 작
은 길을 가만히 들어선다/ 꿈꾸는 자궁과 같은 속살이 따뜻하

다'(「골목길에서」부분)에서 시인은 '내 고향 소똥 냄새'를 맡으며 이제는 중심에서 밀려나 변방이 되었으나 시인에게는 '어둠과 햇살이 함께 어울려 살아가는/ 골목길'이며, 그 골목길은 '감칠맛이 도는 숭늉'의 길인 동시에 삶이 어우러졌던 그 길이다. 실상, 이 '골목길'은 누구에게나 주어진 삶의 길이라는 데서 시인의 공감이 확산한 곳이라는 것을 알 수 있다. '하고 싶은 말이/ 얼마나 많았을까// 가도 가도 끝이 없는/ 저 푸른 초원 위'에 시선이 머문 시인은 파도가 달려가는 길을 바라본다. 파도와 동질성을 느낀 것은 아닐까 생각하게 하는 작품이다. 걷고 또 걷고 달리고 또 달리지만 끝이 없다. 그 길은 아마 초원이기도 하고 사막이기도 하며 골목길일 것이다. 시인이 그 길에서 발견한 '고래 한 마리'는 시인의 또 다른 자화상이다. '한껏 부푼 기대감은 신기루에 불과했지/ 채워도 좋을 손으로 기껏 움켜잡은 건/ 번지수 알 수도 없는 환상통'이라는 것을 알았지만 그것은 '막다른 골목길에서' 비로소 알게 되었다. '허깨비 같은 허상을 다 비운 후에야/ 비로소 고래 한 마리 마음속에 있다는' 것을 알게 된 것이다. 이제야 비로소 진작 마음속에 고래 한 마리가 살고 있었다는 것을 실토하는 시인은 앞을 향해 달리며 성취를 위해 끝없이 애를 썼던 지난 시간을 돌아본다. 때론 상처투성이가 되었고 때로는 허상을 움켜쥐면서 '환상통'도 얻었지만 기어이 가 닿은 그 '골목길'에 이르러서야 깨닫게 된 것이다. 그 골목길은 진작 예비한 아버지가 마련

한 길이라는 것을. '색색깔의 나무들이 터를 잡아 살고 있는/ 만근 무게로 앉은 듬직한 산을 보라// 아버지/ 걸어온 길이/ 햇살처럼 환' 한 것이라는 것을 확실하게 알게 되었다. 아버지 걸어왔던 그 길이 곧 자신의 길이며 그 길은 온갖 고난을 거쳐야만 닿을 수 있는 길이라는 것을 깨닫게 된 것이다.


## 4.

무엇보다 '산' 과 '길' 을 두고 평생을 '꿈을 찾아 떠난 소년' 이었음을 추창호 시인은 이 시집을 통해 잘 보여주었다. 때로는 자신을 다그치다가도 이내 잔물결처럼 잔잔하기도 했으며, 눈앞에 고지를 두고 마구 달려야만 하는 지친 모습도 보여주었다. 참으로 부지런하고도 당차게 그 길을 달리는 자신을 따뜻하게 품는 것도 잊지 않았다. 시편 곳곳에서 발견한 것처럼 그때그때 최선을 다하며 성취를 위한 노력을 게을리하지 않았을 뿐만 아니라 아내를 향한 사랑과 가족은 물론 대상에 대한 따뜻한 긍정의 시선과 정서를 잘 표출하였다. 특히 길의 시간에서 대상에 기어이 가 닿아야만 한다는 의무감과 성찰적 인식도 작동하였다. 그것은 끝까지 끈을 놓지 않은 끈질긴 성찰적 인식의 추동이 뒷받침했기에 가능했다. 이 모든 것은 지난 시간과 현재의 시간을 환하게 밝혀주고 있는 아버지라는 큰 산을 배경으로 하였다는 데서 큰 힘을 얻는다. '색색깔의 나무들이 터를 잡아 살고 있는/ 만근 무게로 앉은 듬직한 산을 보라// 아버지/ 걸어온 길이/ 햇살처럼 환하' 게 시인을 길게 비추고 있는 것을 시인을 진작 알고 있었으며 그 길은 처음부터 '내 꿈의 푸른 들녘을 위한 시간' 이었다는 것을 시인은 보여주고 싶은 것이다.

시와소금 시인선 141

## 풀꽃은 또 저리 피어

ⓒ추창호, 2022. printed in Seoul, Korea

초판 1쇄 인쇄  2022년 06월 25일
초판 1쇄 발행  2022년 06월 30일
지은이  추창호
펴낸이  임세한
디자인  유재미 정지은

펴낸곳  시와소금
출판등록  2014년 1월 28일 제424호
발행처  강원 춘천시 충혼길20번길 4, 1층 (우·24436)
편집실  서울시 중구 퇴계로50길 43-7 (우·04618)
팩스겸용  (033)251-1195 / 휴대폰 010-5211-1195
이메일  sisogum@hanmail.net
ISBN  979-11-6325-044-9  03810

값 10,000원

울산광역시  울산문화재단
· 이 시조집은 2022년 울산문화재단 전문예술인지원 선정사업으로 발간하였습니다.